# Analyse de l'œuvre

Par Justine Aerts

# Le deuxième sexe (tome 1)

Simone de Beauvoir

# Analyse de l'œuvre

Par Justine Aerts

# Le deuxième sexe (tome 1)

Simone de Beauvoir

lePetitLittéraire.fr

# Rendez-vous sur
# lepetitlitteraire.fr
# et découvrez :

Plus de 1200 analyses
Claires et synthétiques
Téléchargeables en 30 secondes
À imprimer chez soi

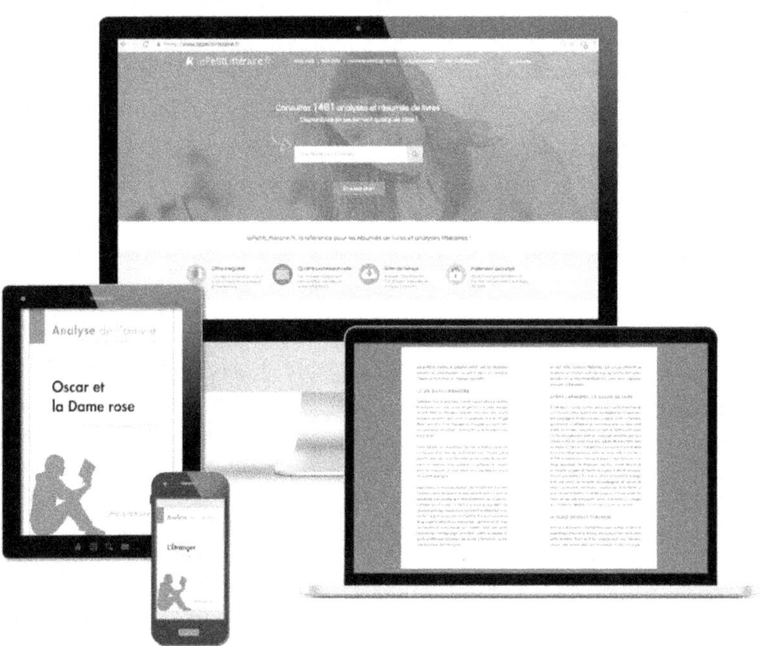

# LE DEUXIÈME SEXE I – LES FAITS ET LES MYTHES

## L'ŒUVRE LA PLUS CÉLÈBRE DU MOUVEMENT FÉMINISME

- **Genre :** Essai
- **Édition de référence :** *Le deuxième sexe I – Les faits et les mythes.* Paris, Gallimard, 1949.
- **1re édition :** 1949.
- **Thématiques :** féminisme, genre, femme, sexisme, histoire

*Le Deuxième sexe* est l'une des œuvres les plus connues de Simone de Beauvoir. Publié en 1949, cet ouvrage féministe est divisé en deux tomes : *Les faits et les mythes* et *L'expérience vécue.* L'œuvre se présente comme un essai existentialiste présentant la condition des femmes à travers l'histoire, mais également comment la biologie et la psychanalyse, entre autres, ont contribué à forger les mythes féminins dont les hommes se servent pour définir la femme comme bon leur semble. Si l'œuvre a été rédigée de manière décousue – le livre se composant d'extraits écrits dans le désordre et réunis par la suite –, elle présente tout de même une structure solide. La volonté d'exhaustivité de Simone de Beauvoir l'a poussée à arpenter les étagères de nombreuses bibliothèques françaises et étrangères afin de récolter le plus d'informations possible pour rédiger son œuvre de manière encyclopédique.

Dans son autobiographie *La Force des choses* (1963), l'auteur mentionne le peu de temps qu'elle a passé à la rédaction de son œuvre majeure : elle la commence en octobre 1946 et elle sera terminée en juin 1949, en à peine deux ans et demi. De plus, pendant cette période, elle a passé 4 mois aux États-Unis et 6 à s'occuper de la rédaction de *L'Amérique au jour le jour* (1949).

Dès sa sortie, l'œuvre fait scandale. Qu'il plaise ou non, *Le Deuxième sexe* marque les esprits et devient un ouvrage incontournable dans l'histoire du féminisme français.

# SIMONE DE BEAUVOIR

## PHILOSOPHE FÉMINISTE

- **Née en 1908 à Paris**
- **Décédé en 1986 à Paris**
- **Quelques-unes de ses œuvres :**
  - *Le deuxième sexe II – L'expérience vécue* (1949), essai
  - *L'invitée* (1943), roman
  - *Tous les hommes sont mortels* (1946), roman

Simone de Beauvoir est née en 1908 à Paris, dans une famille aisée. Suite à une crise économique, la famille s'appauvrit, mais c'est en réalité une des meilleures choses qui soit arrivée à la future auteure du *Deuxième sexe* : en difficulté financière, de Beauvoir doit travailler pour gagner sa vie. Cette situation n'est pas habituelle dans sa classe sociale à son époque, où les femmes ne sont en général pas salariées. Après des études en philosophie et une deuxième place au concours de l'agrégation – concours auquel se présentent très peu de femmes –, elle devient professeur de lycée dans les années 1930. À cette époque, elle fait la connaissance de Jean-Paul Sartre (philosophe français, 1905-1980), avec qui elle partage la même vocation d'écrivain. Ses premières tentatives d'écriture sont refusées par les éditeurs et elle doit attendre 1943 pour publier son premier roman, intitulé *L'Invitée*. Écartée de l'Éducation nationale pour divergence de valeurs avec la République, elle se consacre de manière productive à son écriture. Elle publie en peu de temps deux autres romans, mais aussi des essais philosophiques et une pièce de théâtre. Elle participe également, avec son ami Sartre, à l'édition de la revue *Les Temps modernes*.

# RÉSUMÉ

## LA FEMME, L'AUTRE

Simone de Beauvoir soulève une question dans son introduction : qu'est-ce qu'une femme ? Est-ce que « la féminité » est définie biologiquement ou par des comportements ? Sa première réponse consiste à définir la femme comme « l'être relatif ». Être une femme est une singularité : un homme n'aurait jamais l'idée d'écrire un livre sur la situation singulière qu'occupent les mâles dans l'humanité, car le fait d'être un homme n'est pas une singularité. La langue française rend compte de cet aspect puisque le mot « homme » englobe aujourd'hui à la fois le fait d'être un mâle et la forme neutre renvoyant à l'être humain. Ainsi, le latin « vir » – mâle – s'est assimilé au terme « homo » – être humain –, rendant le type masculin le type humain absolu. L'humanité est masculine et l'homme définit la femme relativement à lui plutôt qu'en soi. L'homme est l'absolu, la femme est l'autre.

Ce rapport entre un Un et un Autre existe dans toutes les collectivités. Lorsque le Un réussit à dominer l'Autre, c'est souvent le résultat d'une inégalité numérique (par exemple, les noirs en Amérique, les Juifs, les indigènes pour les colons, etc.). Or, les femmes ne sont pas une minorité. Un autre point différent avec ces différents groupes est que dans le cas des femmes, il n'y a pas d'évènement historique qui vient subordonner le plus faible au plus fort (comme c'est le cas pour la diaspora juive, les conquêtes coloniales, l'esclavage, etc.) : les femmes ont toujours été subordonnées à l'homme, leur dépendance n'est pas le résultat d'un évènement. Ces différences contribuent alors à ce que l'altérité des femmes apparaisse comme un absolu, puisqu'il échappe au caractère accidentel du fait historique.

## LES DONNÉES BIOLOGIQUES

Si définir l'homme comme un mâle le rend fier, parler de femelle pour décrire la femme est péjoratif, car il confine la femme dans son sexe. À cet égard, Simone de Beauvoir soulève deux questions : que représente la femelle dans le règne animal ? Quelle espèce singulière de femelle se réalise dans la femme ? Les mâles et les femelles sont deux types d'individus qui se différencient en vue de la reproduction et qu'on ne peut définir que corrélativement. Cependant, cette division en deux sexes n'est pas universelle puisqu'il existe des animaux unicellulaires qui se reproduisent solitairement, mais aussi des espèces hermaphrodites.

Les opinions quant au rôle biologique des deux sexes ont beaucoup varié et ont été principalement déterminées selon les mythes sociaux, sans fondement scientifique : par exemple, les femmes ne sont pas responsables à elles seules de la reproduction et on ne peut pas non plus considérer les hommes comme les seuls créateurs de vie. Pour clarifier ce point, Simone de Beauvoir précise qu'aucune cellule reproductrice – mâle ou femelle – n'a de privilège sur l'autre : elles créent ensemble un être vivant. Sur base de ces constats scientifiques, il serait donc hardi de penser que la place de la femme est au foyer.

L'évolution de l'embryon humain mâle et femelle est similaire. Chaque sexe développe un appareil génital dont les hormones appartiennent à la même famille chimique. De Beauvoir souligne alors que ni les formules ni les singularités anatomiques ne définissent la femelle humaine comme telle, mais c'est son évolution qui la différencie du mâle. En effet, si l'évolution de l'homme est simple, son corps changeant très peu, celle de la femme est beaucoup plus complexe. Si jusqu'à l'adolescence, la croissance d'une fille est similaire à celle d'un garçon, au moment de la puberté, son corps change et elle fait face à de nouvelles fonctions (cycle menstruel, possibilité de tomber enceinte, d'accoucher, ménopause, par exemple).

Si Simone de Beauvoir présente ces données biologiques comme les clés qui permettent de comprendre la femme, elle refuse cependant l'idée que celles-ci constituent pour elle un destin figé et qu'elles justifient ou expliquent que la société ait subordonné la femme dans le rôle de l'Autre. C'est à la lumière d'un contexte à la fois ontologique, économique, social et psychologique que les données biologiques doivent être prises en compte. Si le corps de la femme est un élément essentiel de sa place dans le monde, il ne suffit pas à la définir.

## LA PSYCHANALYSE

Dans son analyse du point de vue de la psychanalyse, de Beauvoir fait référence aux idées d'Adler (psycho-thérapeute autrichien, 1870-1937) et de Freud (fondateur de la psychanalyse, 1856-1939), qui se sont peu intéressés à la femme, si ce n'est dans son rapport à l'homme. Elle reproche à la psychanalyse d'expliquer l'histoire humaine par un jeu d'éléments déterminés et s'assigner à la femme un destin immuable. Du point de vue existentialiste adopté par de Beauvoir, la fatalité n'est pas une justification valable pour expliquer que la femme soit définie comme l'Autre.

## LE MATÉRIALISME HISTORIQUE

De Beauvoir examine les écrits d'Engels (philosophe allemand, 1820-1895) dans *Origine de la Famille*, un ouvrage dans lequel il retrace l'histoire de la femme qui, selon lui, dépend de l'histoire des techniques. À l'âge de la pierre, quand les techniques étaient rudimentaires, la force de la femme était à la mesure du travail. Avec l'évolution des techniques, le travail agricole devient intensif et on accorde plus d'importance à la propriété privée. Ainsi, l'évolution du travail suite aux inventions d'instruments explique la défaite historique de la femme et sa dévalorisation. Malgré le progrès de la théorie d'Engels comparée aux théories antérieures, elle est, pour de Beauvoir, décevante, car elle contourne les problèmes les plus importants et reste superficielle. Par ailleurs, de Beauvoir souligne qu'il est impossible de déduire l'oppression de la femme de la propriété privée. Selon elle, l'asservissement de la femme est une conséquence de l'impérialisme de la conscience humaine : sans l'existence d'une catégorie de l'Autre et la prétention à sa domination, les nouveautés techniques n'auraient pas entrainé l'oppression de la femme.

## LA FEMME ET L'HOMME DANS L'HISTOIRE

Simone de Beauvoir affirme que le monde a toujours appartenu aux hommes. Si elle comprend que l'homme ait voulu dominer la femme – car lorsque deux catégories humaines coexistent, chacune veut s'imposer –, elle tente de comprendre quel privilège a permis à l'homme d'accomplir sa volonté de domination. Pour tenter de répondre à cette question, elle passe en revue les rapports entre l'homme et la femme dans l'histoire.

Dans la société humaine primitive, les maternités répétées – difficilement contrôlables à l'époque – consommaient toutes les forces et le temps des femmes. Pendant ces périodes d'impotence, elles avaient besoin de la protection des hommes et des produits de la chasse ou de la pêche ; des activités auxquelles se dédiaient les hommes. La femme qui met au monde un enfant, à l'époque, ne subit que passivement son destin biologique. Elle est ensuite enfermée dans des travaux domestiques, seuls conciliables avec les charges de la maternité, qui se reproduisent presque de forme identique au fil des siècles. Contrairement à la femme, l'homme transcende sa condition animale en s'affirmant dans des tâches de chasse, des expéditions dangereuses, de nouvelles inventions, dont il tire son orgueil. Il ne travaille pas seulement à conserver un monde donné, mais il en éclate les frontières pour jeter les bases d'un nouvel avenir.

Au fur et à mesure que l'agriculture se développe, la femme obtient un certain prestige dans les communautés agricoles, qui provient de l'importance nouvelle attribuée à l'enfant. Sous une forme collective, la propriété apparait et, la postérité devenant essentielle, la maternité devient une fonction sacrée. Elle destine alors la femme à une existence sédentaire : il est naturel qu'elle demeure au foyer.

Lorsque la propriété collective laisse place à la propriété individuelle, l'homme n'accepte plus de partager avec la femme, ni ses biens, ni ses enfants. Par le mariage, la femme devient propriété du mari. Comme elle est dépourvue de toute possession personnelle, la femme n'est pas élevée à la dignité d'une personne. Elle fait partie du patrimoine de l'homme : d'abord de son père, ensuite de son mari.

L'idéologie chrétienne contribue grandement à l'oppression de la femme, notamment dans sa vision du mariage : l'épouse doit être totalement subordonnée à l'époux. La femme est également perçue comme la tentation du démon et l'Église souligne son caractère dangereux. Au Moyen Âge, cette tradition de dépendance absolue de la femme au père et au mari se perpétue. Ensuite, la femme voit ses droits diminuer puis augmenter sous le régime féodal. Elle n'a d'abord aucun droit privé parce qu'elle n'a pas de capacité politique. Ensuite, vers le XIᵉ siècle, la féodalité admet la succession féminine, mais son sort n'est pas amélioré pour autant ; elle a toujours besoin d'être sous tutelle masculine.

Pendant la Renaissance italienne, la condition des femmes s'améliore, car il s'agit d'une époque d'individualisme qui permet la naissance de fortes personnalités dans les deux sexes. Au XIIᵉ siècle, les femmes se distinguent dans le domaine intellectuel, notamment dans les salons. Grâce à la culture, les femmes arrivent à s'immiscer dans l'univers masculin. Cela reste cependant le domaine de l'élite et des plus fortunés. Au XIIIᵉ siècle, la liberté et l'indépendance de la femme augmentent, même si les mœurs restent sévères : éducation basique, mariage forcé ou mise au couvent.

On pouvait s'attendre à ce que la Révolution change le sort de la femme, mais ce ne fut pas le cas. De Beauvoir souligne cependant qu'il y a eu quelques mouvements féministes. En 1789, Olympe de Gouges propose la « Déclaration des droits de la Femme » afin d'abolir tous les privilèges masculins. Si les femmes bénéficient d'une certaine liberté pendant la liquidation de la Révolution, la réorganisation de la société qui a suivi les a à nouveau asservies. Le code Napoléon fixe son sort pour plus d'un siècle, freinant son émancipation : Napoléon ne voit en les femmes que leur rôle de mères. La femme doit obéissance à son mari et elle est confinée au foyer.

Grâce à la Révolution industrielle, la femme regagne alors une certaine importance économique qu'elle n'avait plus depuis la préhistoire : la main-d'œuvre masculine n'est pas suffisante et les femmes travaillent dans les usines, où la différence de force physique n'est plus un problème. Cependant, les femmes sont plus exploitées que les travailleurs masculins. Ainsi, la femme reste dépendante financièrement des hommes, même lorsqu'elle travaille.

Petit à petit, les conditions de travail s'améliorent pour les femmes, mais un problème continue de se poser : la conciliation de son rôle reproducteur et de son travail producteur. La fonction génératrice de la femme est ce qui est à l'origine de son asservissement, ce qui la voue au travail domestique et l'éloigne de la construction du monde.

L'histoire des femmes a été écrite par les hommes. Ils ont défini le sort de la femme en fonction de leurs propres projets, leurs besoins et leurs craintes. En outre, même les manifestations féminines n'ont pris de la valeur que lorsqu'elles ont été prolongées par l'opinion masculine. Pour mettre son empreinte sur le monde, il faut y être solidement ancré ; or les femmes qui le sont sont celles qui sont soumises à la société. C'est seulement quand les femmes ont commencé à se sentir chez elles sur Terre que sont apparues des figures importantes qui démontrent alors une chose essentielle : ce n'est pas l'infériorité des femmes qui a déterminé leur insignifiance historique, mais leur insignifiance historique qui les a condamnées à l'infériorité.

# LES MYTHES FÉMININS

Certains aspects restent constants dans la conception que les hommes ont de la femme, créant le mythe féminin. Tout d'abord, la femme résume la nature et provoque le dégout chez l'homme pour les menstruations, la gêne devant le ventre rond d'une femme enceinte, la répulsion pour le processus de gestation : tout cela rappelle à l'homme sa mortalité. Cependant, la femme représente à la fois la peur et le désir pour les hommes. Cette ambivalence est reflétée dans les mythes de la virginité. En effet, la virginité féminine est à la fois redoutée et souhaitée – voire exigée – par l'homme.

Un autre aspect du mythe est les exigences de beauté féminine : l'homme ne se contente pas de trouver des organes sexuels complémentaires, la femme doit incarner la santé, la jeunesse et la beauté.

De Beauvoir conclut qu'à son époque, il est difficile pour une femme d'assumer à la fois sa condition d'individu autonome et son destin féminin. Changer le passé ne servirait à rien – et est impossible –, ce qu'il faut espérer, c'est que les hommes assument sans réserve la situation et que des formes plus favorables de libération féminine voient le jour.

# ÉCLAIRAGES

## LA CONDITION DE LA FEMME FRANÇAISE DANS LES ANNÉES 1940

Dans les années 1940, la place de la femme dans la société française est encore loin d'être égalitaire et symbole de liberté. Sous le régime de Vichy (1940-1944), les femmes doivent retourner au foyer et remplir leur rôle de mère et d'épouse pendant que les hommes subviennent aux besoins de la famille. Cette situation s'oppose à la réalité sociale, étant donné que 36 % des Françaises travaillent avant la période de guerre. La loi de 1940 prévoit le renvoi des femmes vers leurs foyers et interdit l'embauche de femmes mariées, tandis que les femmes de plus de 50 ans doivent être envoyées à la retraite. Dès 1941, cependant, de nombreuses femmes sont réembauchées dans l'urgence pour compenser le manque de personnel.

Vichy accorde énormément d'importance à la régénération de la France, afin d'inverser le déficit démographique des années 1930, le but étant de renforcer au maximum la cellule familiale. Ce souci nataliste se traduit par plusieurs mesures célébrant le rôle maternel de la femme et la famille, par exemple, les familles nombreuses reçoivent des médailles en fonction du nombre d'enfants – bronze pour 5 enfants, argent pour 8 enfants et or pour 10 enfants et plus. Le régime fait propagande pour rappeler la nécessité de faire des enfants et la femme n'est considérée que dans son rôle de mère. En ce sens, la répression contre l'avortement et la contraception, déjà très ancrée avant le régime de Vichy, est renforcée par une loi en 1942 qui fait de l'avortement un crime contre la sureté de l'État et punissable de la peine de mort, l'assimilant à « l'assassinat de la patrie » (Rouquet 1996 : 66). Par ailleurs, en 1941, une loi sur le divorce interdit celui-ci pendant les trois premières années de mariage et les épouses sont punies plus sévèrement que les hommes pour l'abandon du foyer.

À cette époque, Simone de Beauvoir perd son poste d'enseignante à l'Éducation nationale, car sa vie et son enseignement divergent des valeurs défendues par le régime de Vichy. Elle n'est en rien un modèle validé par le régime : elle n'a pas de foyer, pas de maison (elle vivait à l'hôtel), elle a un amant, recommande à ses élèves des lectures considérées comme décadentes et leur parle de psychanalyse, un enseignement loin de viser à les convaincre de l'importance de la famille et de la maternité. Écartée de son poste d'enseignante, elle se dédie entièrement à l'écriture et commence quelques années plus tard la rédaction de son œuvre majeure : *Le Deuxième sexe*. Ingrid Galster mentionne qu'il n'est pas impossible que son exclusion « au nom de valeurs qui n'étaient pas les siennes » (2007 : 161) ait contribué au fait qu'elle se soit dressée contre ces valeurs dans son ouvrage sur la condition de la femme.

Dans la deuxième moitié de la décennie, certains évènements importants sont à souligner dans l'évolution du droit et de la condition des femmes en France. En 1944, le droit de vote pour les femmes est voté, faisant de la France un des derniers pays d'Europe à leur accorder ce droit. Elles voteront pour la première fois en avril 1945. En 1947, la gynécologue française Marie-Andrée Lagroua Weill-Hallé voyage aux États-Unis. Elle y découvre certaines méthodes de contraception encore inconnues en France et les ramène dans le pays. Pour en faire profiter les femmes françaises, elle fonde l'organisation du *planning familial* en 1947 (Galster 2007 : 220). Cependant, comme le souligne Claudine Monteil, à cette époque, les droits des femmes sont encore rarement discutés en France. Le planning reste le seul à promouvoir les méthodes contraceptives. Reléguées aux postes de professeurs, d'infirmières ou de secrétaires, les femmes avaient des difficultés à obtenir des postes de travail importants dans les domaines tels que le droit, l'ingénierie, la science ou la politique (Monteil 1997 : 6). Le début de la Guerre froide en 1947 marque une rupture au niveau de l'égalité des femmes : les femmes mères d'au moins deux enfants sont incitées à rester au foyer grâce à une allocation représentant un salaire moyen d'une ouvrière (Galster 2007 : 284). Ainsi, l'œuvre de de Beauvoir voit le jour à une époque où le culte de la mère est à nouveau très présent.

Il faudra attendre le mouvement de libération des femmes à la fin des années 1970 pour atteindre de véritables changements dans la condition de la femme française. À cette époque, Simone de Beauvoir, qui n'a plus beaucoup abordé la question de la femme depuis la publication du *Deuxième sexe*, portera sa voix en public et n'arrêtera pas de le faire jusqu'à la fin de sa vie.

Elle rédigera par exemple le *manifeste 343* en 1971, une pétition prônant le droit à l'avortement en France. Ce manifeste est un document important qui ouvre la voie à la légalisation de l'avortement quatre ans plus tard.

## SIMONE DE BEAUVOIR ET L'EXISTENTIALISME

Le Larousse définit l'existentialisme comme « une doctrine philosophique qui met l'accent sur le vécu humain plutôt que sur l'être et qui affirme l'identité de l'existence et de l'essence, ou leur parfaite complémentarité » [en ligne]. En d'autres termes, l'existentialisme considère que les actions d'un être humain définissent son essence – c'est-à-dire qui il est – et ne sont pas prédéterminées par quoi que ce soit. Chaque personne est donc maitre de son destin ainsi que des valeurs à travers lesquelles elle choisit d'agir dans le monde.

Un des grands représentants de l'existentialisme est Jean-Paul Sartre, qui fait partie d'une des deux grandes branches de la doctrine, c'est-à-dire l'existentialisme athée. Il défend la thèse suivante : l'existence précède l'essence. Selon cette idée, l'homme est libre et responsable de ses choix : toutes les actions qu'il pose le définissent. À cette idée s'oppose un existentialisme religieux, qui réfute la thèse de Sartre puisque la présence de Dieu définit l'essence de l'individu avant son existence.

Simone de Beauvoir évolue au fil de sa carrière littéraire et philosophique : « de l'affirmation de l'absurdité de l'être [...] [elle] passe à la conscience du sens comme enjeu de l'existence » (Nicolas-Pierre 2016 : 337). Dans les années 1940, elle entreprend une nouvelle quête : l'expérience de l'être et de sa relation sociale et historique avec les autres, de sa liberté et de sa faculté d'agir. Nous sommes au cœur des années existentialistes de l'écrivaine. *Le Sang des autres*, publié en 1945, est le premier roman de l'auteur considéré comme existentialiste. Pendant ces années-là, la complicité entre de Beauvoir et Sartre se confirme.

La morale existentialiste sera au cœur du *Deuxième sexe*, dans lequel elle écrit :

> La perspective que nous adoptons, c'est celle de la morale existentialiste. Tout sujet se pose concrètement à travers des projets comme une transcendance ; il n'accomplit sa liberté que par son perpétuel dépassement vers d'autres libertés ; il n'y a d'autre justification de l'existence présente que son expansion vers un avenir indéfiniment ouvert. Chaque fois que la transcendance retombe en immanence, il y a dégradation de l'existence en « en soi », de la liberté en facticité ; cette chute est une faute morale si elle est consentie par le sujet ; si elle lui est infligée, elle prend la figure d'une frustration et d'une oppression ; elle est, dans les deux cas, un mal absolu (1949 : 31).

Suivant la doctrine existentialiste, Simone de Beauvoir exclut donc dans *Le Deuxième sexe* l'idée de déterminisme, qui est insuffisant pour expliquer l'oppression des femmes dans la société. Elle cherche à analyser la provenance du statut d'infériorité des femmes, car celui-ci n'est pas une donnée naturelle et immuable. Comme l'existentialisme définit l'individu comme responsable de ses actes et de ses choix, de Beauvoir n'analyse pas seulement l'attitude des hommes envers les femmes qui les a amenées à ce statut d'infériorité, mais également le propre comportement des femmes, à qui elle reproche leur passivité et leur complaisance dans le statut qu'on leur a attribué.

## SIMONE DE BEAUVOIR ET LA LITTÉRATURE ENGAGÉE

Si en tant que philosophe, Simone de Beauvoir se rattache à l'existentialisme, en tant que romancière, elle est communément liée à ce qu'on appelle la littérature engagée. Dès la fin de la guerre, de Beauvoir « prend conscience de la nécessité de son engagement au monde » (Nicolas-Pierre 2016 : 337). L'engagement littéraire, un courant qui a connu une période particulièrement importante entre 1945 et 1955, tel qu'il est défini par Delphine Nicolas-Pierre, consiste à prendre une décision d'ordre moral qui vise à accorder ses propres actions avec ses convictions intimes, malgré les risques que cela peut comporter. Écrire dans le but unique d'atteindre l'esthétisme ne peut suffire : cet acte doit être accompagné, selon les défenseurs de la littérature engagée, d'un projet éthique qui le justifie (2016 : 370). Ainsi, Sartre soulève la question de l'engagement littéraire dans un essai intitulé *Qu'est-ce que la littérature* en 1948. S'il n'est pas le premier à s'y intéresser, l'époque d'après-guerre permet d'attirer une attention particulière sur le sujet. Il y déclare que l'impératif esthétique de l'écriture s'accompagne d'un impératif moral. Si Sartre est encore une fois la figure la plus souvent associée à ce courant, de Beauvoir a également participé à alimenter les débats sur ce type de littérature et à la définir (2016 : 346). Avec *Le Deuxième sexe*, elle accorde une importance particulière aux questions éthiques, aux enjeux liés à la question de l'identité féminine, mais aussi à la redéfinition de l'humanisme, qui sont à la base de son projet d'écriture. Elle y explore et dénonce la condition de la femme, positionnant ainsi ses écrits dans une démarche engagée respectant, au-delà d'un impératif esthétique, un impératif moral.

# CLÉS DE LECTURE

## TITRE ET GENÈSE DE L'OUVRAGE

À la recherche d'un nouveau projet littéraire, Simone de Beauvoir souhaite écrire sur elle-même sous forme autobiographique. En tant que philosophe, elle se pose avant tout une question : qu'est-ce que ça signifie – et a signifié – pour elle être une femme ? Sa première réponse est « rien » : elle se sent reconnue au même titre qu'un homme. Son ami Sartre lui fait cependant remarquer qu'elle a été élevée différemment que les hommes, une remarque décisive dans sa démarche d'écrire sur les femmes. En effet, elle se rend compte alors que le monde dans lequel elle vit est masculin avant tout et rempli de mythes créés par les hommes. C'est ainsi qu'elle abandonne son projet d'autobiographie et commence la rédaction du *Deuxième sexe* (Galster 2007 : 162).

Elle se lance alors dans une grande démarche de recherche et d'analyse pour documenter son ouvrage. Elle parcourt les bibliothèques parisiennes, mais également les universités américaines. En effet, entre 1947 et 1949, elle voyage aux États-Unis, une étape importante dans son rapport au féminisme, comme le souligne Ingrid Galster (2007 : 217). Là-bas, elle en apprend plus sur les conditions des femmes dans le pays. Elle entre en contact notamment avec les écrits de Margaret Mead, une anthropologue américaine, qui démontrent comment le rôle traditionnel de la femme est renversé. En plus de chercher l'information dans les livres, de Beauvoir aborde le sujet avec les Américaines qu'elle rencontre afin de connaitre leur point de vue sur la question (*ibid*.). Elle remarque alors des différences entre les femmes américaines et françaises. Par exemple, les Américaines font preuve d'une attitude de défiance envers les hommes qui manque encore chez les Françaises. Cependant, si de Beauvoir pensait que les femmes américaines étaient libres, elle découvre avec désillusion qu'elles sont en réalité tout autant dépendantes des hommes qu'en France (2007 : 219). Ses recherches, en France et à l'étranger, donnent lieu à un ouvrage documenté de manière presque encyclopédique, pour utiliser l'adjectif de Galster (2013), rendant compte de la condition de la femme et des mythes qui l'entourent à travers le temps et les cultures.

Ce n'est qu'en décembre 1948, alors qu'elle finalise la première partie de ce qui deviendra *Le Deuxième sexe*, que de Beauvoir choisit le titre de son ouvrage. Dans ses *Lettres à Nelson Algren : un amour transatlantique*, Simone de Beauvoir explique la réflexion qui se cache derrière ce titre : il sonne bien en français, car il fait penser à l'expression « le troisième sexe », qui est l'appellation commune pour désigner les homosexuels en France alors qu'on ne mentionne jamais que les femmes sont considérées comme le deuxième sexe, la primauté étant accordée aux hommes (Léon 2002 : 71).

# RÉCEPTION DE L'OUVRAGE

Dès 1948, alors que *Le Deuxième sexe* ne paraitra que l'année suivante, l'ouvrage féministe de Simone de Beauvoir fait déjà scandale. Cette année-là, la revue *Les Temps modernes* publie trois articles de la plume de l'auteure intitulés « La femme et les mythes ». Ces extraits de l'ouvrage à paraitre font parler d'eux et de Beauvoir apprend avec plaisir qu'ils rendent les hommes fous furieux (Galster 2007 : 183). En 1949, un texte intitulé « L'initiation sexuelle de la femme » est publié et fait grand bruit. Pour cause, de Beauvoir y mentionne sans tabou la sensibilité vaginale, le spasme clitoridien, l'orgasme, elle y décrit le coït et l'importance des débuts érotiques. Suite à cette publication, l'écrivain français François Mauriac s'exclame que l'on a atteint « les limites de l'abject » et s'interroge : « Le sujet traité par M^me de Beauvoir [...] est-il à sa place au sommaire d'une grave revue philosophique et littéraire ? » (cité par Galster 2007 : 184). Il demande alors l'avis du public grâce à une enquête à destination des jeunes. La majorité de ceux qui y répondent se montre conscients d'être dans une époque de transition et ne semblent pas outrés par les propos de de Beauvoir (2007 : 195).

En juin 1949, le premier tome de l'ouvrage est publié. Plus sage que les extraits du tome II publiés précédemment, le livre fait parler de lui positivement. La critique souligne notamment le travail de recherche encyclopédique et les références philosophiques modernes de l'œuvre, qualifiant de Beauvoir de jeune génie (Galster 2007 : 186). On parle de l'ouvrage dans les journaux et cette publicité

permet de vendre 22 000 exemplaires la première se-
maine de sa parution. Pour autant, il est mal compris.
Certains reprochent à de Beauvoir de ne pas « parler
en femme » et d'être « trop froidement objective »
(2007 : 186-187), d'autres disent qu'elle écrit « pour se
libérer elle-même de l'humiliation d'être née femme »
(*ibid*.). Beaucoup sont les lecteurs qui ne veulent pas
penser autrement que par leur conviction que la biologie commande la sociologie, que la femme n'est qu'un
appareil reproducteur (*ibid*.). Le deuxième tome, publié
en novembre de la même année, enflammera aussi les
esprits. Si ce livre a suscité un scandale dès sa sortie,
Ingrid Galster trouve difficile, cinquante ans plus tard,
d'imaginer cette réception. Dès la mort de l'auteure,
on souligne que la leçon que son œuvre a apportée au
monde a été si bien intégrée qu'on oublie à présent
qu'elle était audacieuse (2007 : 192).

Mentionnons également qu'à sa sortie en France, l'ouvrage de de Beauvoir est parfois lu avec difficulté : il est
dense, présente des idées complexes dans un langage
difficilement abordable pour beaucoup de femmes de
l'époque. Ainsi, la consécration du *Deuxième sexe* en tant
que bible féministe doit beaucoup à sa réception aux
États-Unis, où l'avancement du mouvement féministe
permet de prendre conscience des ressources du livre
(2007 : 220). Simone de Beauvoir a par ailleurs inspiré
des œuvres monumentales du féminisme américain,
telles que *La femme mystifiée* (1963) de Betty Friedan et
*La Politique du mâle* de Kate Millett (1970).

# LE DEUXIÈME SEXE, BIBLE DU FÉMINISME HIER ET AUJOURD'HUI ?

## De Beauvoir et les théories féministes

Selon Sylvie Chaperon qui étudie la condition de la femme dans les années 1945-1970 dans *Les années Beauvoir* (2000), *Le Deuxième sexe* a eu une influence importante sur le développement du féminisme français. Cependant, Ingrid Galster pense plutôt que l'influence de de Beauvoir doit être attribuée à son autobiographie et au féminisme américain qui a érigé sa pensée comme fondement féministe (2007 : 287). À l'étranger, on a vu que certaines figures importantes du féminisme se sont directement inspirées de l'œuvre de de Beauvoir : Friedan, Millett, mais aussi Alice Schwarzer, ou d'autres figures féminines, telles que Rita Süssmuth, ex-Présidente du Parlement allemand. Ces deux dernières, en particulier, ont mentionné à plusieurs reprises à quel point de Beauvoir avait constitué un modèle (Galster 2007 : 176).

Néanmoins, toutes les théories féministes ne sont pas en accord avec son ouvrage. Dans les années 1970, d'autres formes de féminisme ont vu le jour, s'éloignant de l'égalitarisme universaliste de de Beauvoir (*ibid.*). Par exemple, certains établirent une théorie de l'inconscient féminin, érigeant un féminisme de la différence. Ces théories affirment l'existence d'une essence féminine, une idée à l'opposé de ce que de Beauvoir argumente dans son essai. Leur revendication est que cette nature féminine est à présent définie par les femmes elles-mêmes et non plus par les hommes. Certains défenseurs de ce féminisme, tels qu'Antoinette Fouque, se réjouirent même de la mort de de Beauvoir, car elle estimait que son décès allait accélérer l'entrée des femmes dans le XXI^e siècle (2007 : 177).

Les féministes poststructuralistes attaquent encore plus radicalement *Le Deuxième sexe*. Ils accusent de Beauvoir d'avoir érigé une philosophie mâle pour parler des femmes. Si de Beauvoir juge que le monde dans lequel nous vivons a été créé par les hommes, elle pense cependant que les outils dont nous nous servons pour le comprendre sont neutres. À l'inverse, de nombreux nouveaux féministes considèrent que cette neutralité n'existe pas (2007 : 177). Il ne faut donc pas revendiquer des nouveautés à l'intérieur des structures de pensées existantes, mais créer de nouvelles structures.

## 70 ans plus tard...

Dans un article intitulé « Relire Beauvoir. *Le Deuxième sexe* soixante ans après », publié en 2013, Ingrid Galster, spécialiste allemande de l'auteure française, tente de définir à quel degré la théorie de de Beauvoir est dépassée aujourd'hui, en passant en revue l'actualité de certains sujets traités dans son ouvrage. Elle en conclut qu'un grand nombre n'est plus actuel, ou du moins pas autant qu'ils ne l'étaient en 1949. En effet, nombreux sont les aspects de la condition de la femme dont l'évolution était nécessaire à l'époque de Simone de Beauvoir pour atteindre l'égalité des femmes qui ont été accomplis aujourd'hui.

Dans les années 1960-1970, la révolution sexuelle en France – et partout dans le monde – permet aux femmes d'atteindre une nouvelle liberté, mais aussi de ne plus être « condamnées à l'immanence » (2013 [en ligne]). La légalisation de la pilule contraceptive en 1967 – alors qu'elle était déjà autorisée aux États-Unis, en Allemagne et en Grande-Bretagne, entre autres, dès le début de la décennie – et la légalisation de l'avortement en 1975 permettent à la femme de ne plus être enfermée dans son rôle reproducteur : devenir mère n'est plus imposé par la nature de la femme, mais est un choix posé par les actions de celle-ci. Les femmes sont plus maitresses de leur corps et libérées sexuellement. Ainsi, dans cette nouvelle génération, certaines descriptions et préoccupations de de Beauvoir semblent à présent révolues.

Certaines critiques ont par ailleurs été érigées à l'égard de la conception de la maternité dans *Le Deuxième sexe*, à cause de la façon dont la grossesse, l'accouchement ou l'allaitement sont décrits dans le livre. En effet, certains ont perçu chez de Beauvoir une opposition à la maternité. Galster rappelle cependant qu'il ne faut pas confondre les faits purement physiologiques de l'interprétation que chaque individu fait de la situation. En outre, il ne faut pas oublier que de Beauvoir parle d'une époque où les naissances n'étaient pas contrôlées et que les descriptions qu'elle en fait ne sont pas comparables aux situations actuelles. Ainsi, de Beauvoir ne prétend pas que la maternité est une mauvaise chose, mais démontre qu'elle peut, selon les situations et les expériences personnelles, être positive ou négative pour la personne qui la vit. Faire participer les femmes au travail salarié pour les rendre indépendantes sur le plan économique était, en 1949, une des grandes préoccupations de Simone de Beauvoir. Aujourd'hui, il est possible d'être à la fois salariée et mère, une double charge que de Beauvoir n'ignorait pas, mais qu'elle n'a pas approfondi puisqu'à son époque il s'agissait avant tout de viser cette indépendance économique.

Yvette Roudy, lors d'un colloque organisé à la New York University, souligne en outre que l'ouvrage n'aborde pas certains sujets qui, à notre époque, ont une grande importance : l'inceste, le harcèlement sexuel, la pédophilie, la parité en politique, etc. Ces sujets n'étaient pas encore actuels à l'époque du *Deuxième sexe* (Galster 2013 : s.p.). Il n'empêche que Simone de Beauvoir reste omniprésente dans le discours féministe et son esprit continue d'être présent en France, même si certains aspects de son œuvre peuvent paraitre aujourd'hui dépassés.

## QUELQUES CITATIONS DE PLUS PRÈS

**« Pas plus qu'il ne suffit de dire que la femme est une femelle on ne peut la définir par la conscience qu'elle prend de sa féminité : elle en prend conscience au sein de la société dont elle est membre » (De Beauvoir 1949 : 90).**

Cette citation tirée du chapitre « Destin » s'attaquant à la psychanalyse résume un des arguments majeurs de l'œuvre de Simone de Beauvoir. En effet, à travers ses premiers chapitres où elle analyse les données biologiques, le point de vue de la psychanalyse et le point de vue du matérialisme historique, l'auteur mentionne à plusieurs reprises l'erreur que ces domaines ont commise en voulant définir la femme à eux seuls. Ainsi, la thèse avancée par de Beauvoir est que ni la psychanalyse, qui ne définit la femme que par sa sexualité, ni le matérialisme historique qui ne voit en l'homme et la femme que des entités économiques, ni la biologie qui attribue à la femme un destin figé, ne suffisent à définir la femme et à expliquer que la société l'ait subordonnée dans le rôle de l'Autre. Ainsi, de Beauvoir mentionne ne pas refuser les contributions de la biologie, de la psychanalyse et du matérialisme historique, mais qu'il faut prendre en compte l'être humain dans une perspective globale et dans sa quête de dépassement de soi.

**« Si la définition qu'on [...] donne [de la féminité] est contredite par la conduite des femmes de chair et d'os, ce sont celles-ci qui ont tort : on déclare non que la Féminité est une entité, mais que les femmes ne sont pas féminines. Les démentis de l'expérience ne peuvent rien contre le mythe » (De Beauvoir 1949 : 383).**

Dans la section « Mythes » du premier tome, de Beauvoir analyse comment le mythe féminin affecte concrètement la vie quotidienne. Pour répondre à cette question, elle différencie les mythes statiques (au pluriel, car il y a plusieurs mythes selon les périodes et les cultures) de la réalité concrète. Le mythe statique est celui qui suppose une réalité saisie dans l'expérience et la considère comme immuable et douée de vérité absolue. Il définit la femme de manière unique et figée, de façon à ce que si les femmes réelles le contredisent dans leur conduite, elles ne sont en réalité pas féminines : l'expérience ne peut rien contre le mythe. Dans la réalité concrète, les femmes se manifestent sous différents aspects. Il existe alors une incompatibilité entre mythe et réalité, laissant les hommes perplexes devant les étranges incohérences de l'idée de féminité. Le mythe féminin les pousse alors à penser que la femme est impossible à comprendre. Ainsi, les réussites de la femme sont en contradiction avec sa féminité, car l'homme attend d'une « vraie femme » qu'elle soit l'Autre.

# PISTES DE RÉFLEXION

## QUELQUES QUESTIONS
## POUR APPROFONDIR SA RÉFLEXION...

- Commentez la citation suivante : « La femme comme l'homme est son corps : mais son corps est autre chose qu'elle. »

- Comment Simone de Beauvoir redéfinit-elle le complexe d'Œdipe ?

- Quelles sont les forces et les faiblesses de l'ouvrage de Simone de Beauvoir ?

- Expliquez le concept de mythe tel qu'il est présenté par Simone de Beauvoir. Qu'implique-t-il pour la condition de la femme ?

- D'après l'analyse de Simone de Beauvoir, en quoi la situation des femmes est-elle différente de l'oppression d'autres groupes tels que les Juifs ou les personnes noires ?

- Expliquez la différence entre les concepts de « transcendance » et d'« immanence » et en quoi cette distinction est importante pour comprendre l'argumentation de Simone de Beauvoir.

- En quoi le choix de l'épigraphe du livre est-il adapté à l'œuvre : « Tout ce qui a été écrit par les hommes sur les femmes doit être suspect, car ils sont à la fois juges et parties » (Poulain de la Barre) ?

- Quelles préoccupations liées à la condition de la femme soulignées dans *Le Deuxième sexe* sont encore d'actualité aujourd'hui ?

# POUR ALLER PLUS LOIN

## ÉDITION DE RÉFÉRENCE

DE BEAUVOIR S., *Le deuxième sexe I – Les faits et les mythes*. Paris, Gallimard, 1949.

## ÉTUDES DE RÉFÉRENCE


- « L'existentialisme » in *Larousse. Encyclopédie*. URL : www.larousse.fr/encyclopedie/divers/existentialisme/50475 [Consulté le 22/10/2021].

- « Jean-Paul Sartre » in *Larousse. Encyclopédie*. URL : www.larousse.fr/encyclopedie/personnage/Jean-Paul _ Sartre/143284 [Consulté le 22/10/2021].

- « Simone de Beauvoir » in *Larousse. Encyclopédie*. URL : www.larousse.fr/encyclopedie/personnage/Simone _ de _ Beauvoir/108086 [Consulté le 22/10/2021].

- DE BEAUVOIR S., *Lettres à Nelson Algren*. Paris, Folio, 1999.

- GALSTER I., *Beauvoir dans tous ses états*. Paris, Tallandier, 2007.

- GALSTER, I. « Relire Beauvoir. "Le Deuxième Sexe" soixante après », *Sens public*, 2013. URL : http://sens-public.org/articles/1047/ [Consulté le 19/10/2021].

- MONTEIL C., « Simone de Beauvoir and the women's movement in France: an eye-witness account », *Simone de Beauvoir Studies*, Vol. 14, 1997, pp. 6-12.

- NICOLAS-PIERRE D., *Simone de Beauvoir, l'existence comme un roman.* Paris, Classiques Garnier, 2016.

- LÉON C. « La genèse du "Deuxième Sexe" à la lumière des lettres à Nelson Algren », *Simone de Beauvoir Studies*, Vol. 18, 2001-2002, pp. 61-81.

- ROUQUET F., « Le sort des femmes sous le gouvernement de Vichy (1940-1944) », *Lien social et Politiques*, Vol. 36, 1996, pp. 61-68.

*Votre avis nous intéresse !*
*Laissez un commentaire sur le site de votre librairie en ligne*
*et partagez vos coups de cœur sur les réseaux sociaux !*

# lePetitLittéraire.fr

- un résumé complet de l'intrigue ;
- une étude des personnages principaux ;
- une analyse des thématiques principales ;
- une dizaine de pistes de réflexion.

## Retrouvez
## notre offre complète sur
### lePetitLittéraire.fr